AF364176

UNA DOCENA DE AMOR

UNA DOCENA DE AMOR

Noa Ortiz

No se permite la reproducción total o parcial de este libro, ni su incorporación a un sistema informático, ni su transmisión en cualquier forma o por cualquier medio, sea este electrónico, mecánico, por fotocopia, por grabación, u otros métodos, sin el permiso previo y por escrito del editor. La infracción de los derechos mencionados puede ser constitutiva de delito contra la propiedad intelectual (Art.270 y siguientes del CÓDIGO PENAL).

Primera edición: enero de 2025

ISBN: 978-84-09-68438-0

Copyright© Ainhoa Ortiz 2025

Corrección: Anna Bissette

Impreso en la UE – Printed

A mi tía, mi segunda madre.

Gracias por enseñarme a amar sin medida.

El amor es un sentimiento complejo que se manifiesta de diversas formas a lo largo de la vida humana. A menudo se asocia con la pasión romántica, pero el amor va mucho más allá de las relaciones de pareja. En su esencia, el amor es una fuerza que conecta a las personas, nutre el alma y se expresa de maneras distintas según las circunstancias, los vínculos y las emociones. Hay tantas formas de amor como relaciones y experiencias en la vida. Cada una de estas formas tiene su propio significado, sus propios matices y su propia capacidad de transformar a las personas que lo viven, haciendo del amor algo indispensable para la vida.

1. Tú has ganado esta batalla y yo la guerra.

Daniela era feliz sin saberlo.

Cuando su cuerpo le arropaba, cuando ambos eran refugio seguro. Cuando caía la tempestad fuera, pero se tenían el uno al otro para apoyarse.

Eran uno, cada cual con su espacio, pero con un vínculo que los hacía fuertes, seguros y, sobre todo, felices. Para ella, todo estaba bien en su hogar y quería que así fuera para siempre.

Hasta que un día se rompió todo, sin motivo alguno, pues por la parte de ella aquellos brazos seguían significando «espacio seguro y paz».

Todo vino de repente, sin esperarlo, y por más empatía que Daniela mostrara, jamás entendería qué hizo que la cabeza de él cambiara, qué rompió su burbuja de hormigón.

No, no pasaban por ninguna crisis, solo él por la de su cabeza, y en eso ella no era culpable.

El consuelo de Daniela era haberlo disfrutado, haber dado todo de su ser y la paz de haber luchado.

Por más que ella lo intentó, ya no pudo hacer más; él no quiso, no la dejó, y contra eso, no había ejército que resistiera.

Cuando alguien a quien amas se marcha de tu vida sin previo aviso, causa un daño irreparable para el que tu organismo no está preparado. Daniela había escuchado que a esa sensación se le llamaba «romperte el corazón». Ahora entendía que era mucho más que eso, era perderlo. Pero con el paso del tiempo, comenzó a quererse, a valorarse, a entender que no fue culpa suya todo lo que le ocurrió, y que había comportamientos y hechos que no estaban bajo su control. Supo que algún día su corazón se repararía y volvería a amar. También comprendió que quien te quiere no se marcha de tu lado sin una razón de peso, y ahí es cuando se dio cuenta de que ella había ganado.

2. Entre sombras

Era una tarde gris y lluviosa cuando Sofía regresó a su apartamento. La humedad calaba hasta los huesos, pero algo más helado se asentaba en su pecho: la sensación de que algo no estaba bien, de que las sombras de la duda se alargaban entre ella y Tomás.

Durante los últimos meses, todo había cambiado. Las sonrisas que compartían antes de dormir se habían vuelto menos frecuentes, las conversaciones más superficiales, como si una pared invisible se hubiera levantado entre ellos. Sofía se repetía una y otra vez que todo era solo estrés, la rutina que les había pasado factura, pero una pequeña vocecita en su interior le susurraba que algo más estaba sucediendo. Algo que no podía ignorar.

Abrió la puerta de su casa con una mezcla de ansiedad y resignación. Tomás estaba en la sala, sentado en el sofá, absorto en su teléfono móvil. No levantó la vista al escucharla entrar, como si su presencia no fuera importante. Sofía respiró hondo, conteniendo las palabras que amenazaban con escapar de sus labios.

—Hola —dijo ella, tratando de sonar natural.

Tomás levantó la cabeza solo un momento, dedicándole una sonrisa fugaz antes de regresar a la pantalla de su teléfono.

—Hola —respondió él, sin mucha energía en su voz.

La distancia entre ellos era palpable, como si sus cuerpos se hubieran apartado tanto como sus corazones. Sofía dejó su bolso sobre la mesa y se acercó a la ventana, observando la lluvia que caía como un velo gris sobre la ciudad. No podía dejar de pensar en las horas que Tomás pasaba mirando su teléfono, en las veces que había llegado tarde o con excusas vagas.

Se giró hacia él, la pregunta que tanto le quemaba los labios estaba a punto de salir.

—¿Con quién hablabas? —preguntó, con un tono que no pudo evitar que sonara algo más acusador de lo que pretendía.

Tomás levantó la vista, sorprendido por la pregunta. Durante un instante, sus ojos se encontraron, pero Sofía no vio el reflejo del hombre en el que había confiado, solo una mirada evasiva.

—Nada importante. Un amigo del trabajo —respondió con rapidez, en un tono que Sofía no encontró convincente.

El aire entre ellos se volvió denso. Sofía sabía que algo no cuadraba. Había algo en sus palabras que sonaba a evasiva, algo que no lograba colocar en su mente, pero que sentía con claridad en su pecho.

—¿De verdad? —preguntó, con sus manos apretando con fuerza los bordes de la ventana. Un nudo se formó en su estómago—. Porque últimamente parece que hay muchas «cosas» que son solo trabajo o «nada importante».

Tomás frunció el ceño, como si la acusación le hubiera golpeado en un lugar vulnerable.

—¿Qué quieres decir con eso? —Su voz, aunque no alzó el tono, sonaba cortante, tensa.

Sofía lo miró con frustración. Había estado guardando esa duda durante semanas, y ya no podía ignorarla. La desconfianza había echado raíces, y aunque intentaba racionalizarla, se sentía como si estuviera observando una grieta en algo que una vez fue sólido.

—No sé, Tomás. Ya no sé qué pensar. Hay días en los que te siento tan lejos, como si estuvieras... escondiéndome algo —dijo, con la voz quebrándose al final de la frase.

Había esperado todo este tiempo para hablar, pero la verdad era que había temido escuchar lo que él pudiera responder.

El silencio que siguió fue pesado, como una capa invisible que los separaba aún más. Tomás no dijo nada por un largo rato, mirando sus manos entrelazadas como si buscara las palabras adecuadas, pero no las encontraba. Al final, dejó escapar un suspiro.

—Yo también he notado la distancia —dijo en voz baja, casi inaudible—. Pero no es lo que piensas. No es lo que te imaginas.

Sofía no pudo evitar alzar las cejas. Aquellas palabras no tenían el poder de calmar sus inquietudes. Más bien, las alimentaban.

—Entonces, ¿qué es? —preguntó, casi desesperada. Necesitaba una respuesta, algo que la ayudara a comprender, a confiar de nuevo.

Tomás se levantó lentamente del sofá, acercándose a ella con la misma expresión seria. La lluvia seguía golpeando contra el vidrio de la ventana, como si el mundo mismo lo supiera todo y esperara la respuesta que ninguno de los dos quería dar.

—No lo sé —admitió al final, con la mirada fija en el suelo—. He sentido lo mismo. No sé cómo llegamos a esto. Tal vez... tal vez ya no confiamos como antes. Y tal vez no haya manera de arreglarlo.

Las palabras de Tomás cayeron como piedras en el agua tranquila de sus pensamientos. Sofía se quedó quieta, mirando su reflejo en la ventana, y por primera vez en mucho tiempo, se dio cuenta de que la desconfianza no solo había calado en él, sino también en ella. Había algo

irreparable en el aire entre ellos, algo que no podían
simplemente ignorar.

La lluvia caía sin parar, y aunque su mundo seguía igual,
Sofía sabía que las sombras entre ellos ya no
desaparecerían. Y pese a que aún se amaban, la verdad era
que el amor no podía sobrevivir donde ya no existía
confianza.

3. El último mensaje

Nacho se despertó una mañana como tantas otras, pero esa mañana tenía el mismo vacío que todas las anteriores. El silencio de la casa lo envolvía, y el sol, que se filtraba a través de las cortinas, parecía no llegar a su corazón. Era temprano, pero ya sentía la pesada carga de la soledad sobre sus hombros.

Había pasado casi un año desde que Lucía se fue. El accidente fue rápido, brutal. En un abrir y cerrar de ojos, su mundo se desplomó, dejando solo escombros en su lugar. Todo cambió de inmediato: las conversaciones, las risas, las promesas de un futuro que ahora parecía tan lejano, tan inalcanzable. El dolor nunca se fue, solo se transformó, adaptándose a su nueva forma, como si su alma hubiera quedado atrapada en un espacio sin tiempo.

Se sentó en la mesa del comedor, con una taza de café frío entre las manos. Miró su teléfono móvil, como lo hacía todos los días, y por un momento creyó que tal vez, solo tal vez, habría algún mensaje de Lucía. Pero no había nada. Solo las notificaciones de aplicaciones que no le importaban, las fotos de amigos que lo invitaban a salir, a seguir viviendo. Vivir. ¿Para qué?

En sus momentos de desesperación, se encontraba a menudo hablando con su sombra, con su memoria. Se decía que ya no podía aferrarse al pasado, que debía dejar ir su dolor, pero cómo hacerlo cuando en cada rincón de la casa, en cada objeto, estaba ella: en el libro que le regaló, en la foto sobre la repisa, en la almohada que aún conservaba la forma de su cabeza.

Esa mañana, sin embargo, algo cambió. Nacho abrió la aplicación de mensajes, con una tristeza resignada, y comenzó a escribir. No esperaba respuesta, lo sabía. Pero necesitaba hacerlo, aunque fuera por última vez.

«Lucía, ¿dónde estás? ¿Por qué te fuiste? Me estoy perdiendo. Te prometí que no te dejaría, pero aquí estoy, sin poder seguir».

Con un suspiro, envió el mensaje al número que ya no contestaba. Miró la pantalla por un largo rato, esperando, como siempre, que algo sucediera. Pero la pantalla permaneció vacía, tan fría como su corazón.

Nacho dejó el teléfono sobre la mesa, sintiendo un nudo en la garganta. Y entonces, como si una mano invisible lo guiara, se levantó y caminó hacia la ventana. Miró afuera, al jardín que alguna vez cuidaron juntos, a las flores que Lucía había plantado. Todo parecía igual, pero al mismo tiempo todo era diferente. El mundo seguía su curso, ajeno a su dolor.

Y en ese preciso momento, una notificación apareció en su teléfono. Un mensaje. No era de Lucía, pero era de él mismo. Un recordatorio que, sin saber por qué, había escrito hacía meses, cuando todavía sentía que podía soportar la idea de seguir sin ella:

«La vida sigue, aunque el amor no muere. Ella vive en mí, en ti, en lo que construimos».

Nacho observó el mensaje y, por primera vez en mucho tiempo, algo dentro de él se quebró, pero no de tristeza. Fue una rendición, una aceptación. Quizás la soledad nunca lo dejaría, pero quizás, solo quizás, el amor no se va por completo. Tal vez lo único que debía hacer era aprender a vivir con ese eco.

Con una leve sonrisa, miró hacia el cielo, dejando que la luz del sol le tocara por primera vez en mucho tiempo.

4. Bajo el cielo de Escocia

El viento soplaba con fuerza, levantando las hojas secas y enviándolas a bailar por el paisaje rocoso de las Highlands. Raquel se abrazó a su abrigo, disfrutando del aire fresco que le azotaba el rostro. Era su primer día en Escocia, y había decidido hacerlo sola. Después de meses de trabajo intenso, necesitaba escapar, desconectar de todo lo conocido, y qué mejor lugar que las vastas tierras del norte, con sus montañas infinitas y cielos nublados.

Tomó un sendero que la llevó a través de un paisaje espectacular: verdes colinas salpicadas de lagos oscuros y la silueta de castillos antiguos que se alzaban como fantasmas del pasado. No estaba segura de por qué había elegido Escocia, pero algo en sus paisajes agrestes la había llamado desde siempre.

Al llegar a un mirador que dominaba un valle profundo, vio a alguien más allí, contemplando el paisaje con la misma fascinación. Un joven de cabello oscuro y ojos curiosos que se volvió hacia ella en el momento justo en que llegó.

—¿Vas a quedarte aquí mucho rato? —preguntó él con una sonrisa. Tenía un acento británico, suave, pero no del todo escocés.

Raquel lo miró, algo sorprendida por la interrupción, pero luego sonrió.

—No, solo unos minutos. Es... hermoso —respondió, mirando el horizonte. La belleza del lugar era impresionante, pero algo en él también le parecía atractivo, algo en su presencia que parecía tan a gusto con la naturaleza como ella.

—Yo también vine a buscar algo. No estoy seguro de qué, pero... creo que aquí lo encontraré —dijo él, sin apartar la vista del paisaje.

Raquel se acercó un poco más, curiosa. No le gustaba tener conversaciones vacías, pero de alguna manera, aquel desconocido parecía tener algo que decir.

—¿Te refieres a respuestas sobre ti mismo? —preguntó.

—Algo así —dijo él, girándose hacia ella. En su rostro había una expresión que no podía definir del todo. ¿Melancolía? ¿Búsqueda?—. Estoy de viaje, solo. Escocia me llamó, de alguna manera. A veces, creo que los viajes nos hacen descubrir más de nosotros mismos que cualquier otra cosa.

Raquel lo miró fijamente, sorprendida por la profundidad de sus palabras. Ella también había viajado por esa razón, pero nunca lo había puesto en esos términos. Lo había hecho para escapar de la rutina, de los recuerdos recientes que la perseguían. Necesitaba reencontrarse, redescubrir quién era fuera de los papeles que había estado jugando en su vida cotidiana.

—¿Y encontraste lo que buscabas? —preguntó, sonriendo ligeramente.

—Todavía no —respondió él, con una mirada pensativa—. Pero... no estoy tan seguro de que sea algo que se pueda encontrar. Tal vez se trata solo de caminar, de dejar que las cosas lleguen cuando menos lo esperas.

Raquel asintió despacio, sintiendo una extraña conexión en sus palabras. Como si de alguna manera compartieran algo más allá de un simple encuentro.

—A veces, el solo hecho de estar en el lugar correcto, en el momento adecuado, lo es todo —dijo ella, con su corazón latiendo con una calidez que no había sentido en mucho tiempo.

Permanecieron en silencio, mirando el valle ante ellos, compartiendo la quietud del paisaje y la compañía del otro. No sabían qué les depararía el futuro, si volverían a verse o si sus caminos se separarían al final de ese día, pero por un instante, en medio de las montañas de Escocia, todo parecía perfecto. Todo parecía posible.

—¿Te gustaría caminar un poco más? —preguntó él, al final.

Raquel sonrió, sin pensarlo mucho.

—Sí. Caminemos.

Y sin decir una palabra más, comenzaron a andar por el sendero, dejando que el viento y el paisaje los guiaran. No necesitaban muchas palabras para saber que, de alguna forma, su encuentro había sido más que casual. El viaje que habían comenzado por separado los había unido en algo más profundo: una conexión, tal vez con el lugar, tal vez el uno con el otro.

5. Un secreto compartido

En la última fila del aula, donde siempre se sentaban, Bea y Alejandro compartían risas, notas y, a veces, silencios que solo ellos entendían. Eran amigos desde que entraron al instituto, y aunque la mayoría de los demás los veía como dos compañeros inseparables, nadie sabía en realidad qué había entre ellos. Nadie veía las miradas furtivas que se cruzaban a menudo, ni los pequeños gestos que decían más que mil palabras.

Bea había sido la primera en notar que su amistad había cambiado. Al principio, se reían de todo, hablaban de sus materias favoritas y se quejaban del calor en los pasillos. Pero ahora, cada vez que él se acercaba, su corazón se aceleraba sin razón aparente. Sus bromas se volvían más suaves, sus palabras más pensadas. Había algo diferente en el aire, algo que Bea no podía definir pero que sentía con cada fibra de su ser.

Un día, después de clases, mientras caminaban juntos hacia la salida, Bea se detuvo frente a la puerta, mirando al suelo. Su corazón latía tan rápido que temía que Alejandro lo escuchara. Él la observó, curioso, y por un momento, el silencio se hizo pesado entre ellos.

—¿Qué pasa? —preguntó él, con una sonrisa tranquila, pero sus ojos brillaban con esa chispa que Bea conocía tan bien.

Ella levantó la vista, luchando por mantener la compostura. Era como si un peso invisible la oprimiera en el pecho, como si algo dentro de ella quisiera salir y, a la vez, algo la frenara. El problema era que ella sabía lo que sentía, pero no sabía si él lo sentía también. Habían sido amigos durante tanto tiempo, y ahora la idea de perder esa amistad la aterraba.

—Nada —dijo al final, aunque su voz tembló un poco—. Solo... ¿Te has dado cuenta de que últimamente todo parece diferente?

Alejandro la miró con una expresión que ella no pudo leer de inmediato. Durante un instante, se quedó en silencio, como si buscara la respuesta correcta, esa que no arruinaría todo lo que habían sido.

—Sí —dijo él, y sus palabras hicieron que Bea se sintiera como si la miraran con ojos nuevos—. Yo también lo he notado. Creo que algo ha cambiado entre nosotros. Pero no sé si... si está bien.

Bea sintió un nudo en el estómago. ¿Acaso él también lo sentía? La duda y la esperanza chocaban en su mente, pero el miedo a la respuesta equivocada la hacía dudar aún más.

—¿Qué... qué quieres decir con eso? —preguntó, con el corazón en la garganta.

Alejandro dio un paso hacia ella, dejando que la distancia que siempre habían mantenido se redujera. Su

mirada era suave, pero en sus ojos había una intensidad que
ella no había notado antes. Era como si, por primera vez, se
vieran realmente.

—Quiero decir que... —Hizo una pausa, como si
estuviera buscando las palabras correctas—. No sé si esto
es solo una fase. Tal vez solo estamos cambiando, o tal
vez... tal vez esto que siento por ti es algo más.

Bea lo miró con atención, sintiendo cómo el aire entre
ellos se volvía denso. Su corazón latía con fuerza, pero
ahora había algo más, algo que lo acompañaba: una
sensación de alivio. No estaba sola en su incertidumbre.

—¿Y qué vamos a hacer con eso? —preguntó ella, con
un suspiro, temiendo la respuesta.

Alejandro sonrió de nuevo, pero esta vez había algo
diferente en su sonrisa, algo más sincero, más abierto. Dio
un paso más hacia ella, hasta que ya no había distancia
entre ellos.

—No lo sé —dijo, pero su voz era suave y segura—.
Pero tal vez lo descubramos juntos. Porque, aunque no
tenga respuesta ahora, lo que sí sé es que no quiero perder
lo que tenemos.

Bea cerró los ojos por un momento, dejando que sus
palabras la envolvieran. Cuando los volvió a abrir, lo miró
directamente a los ojos, con una mezcla de ternura y

valentía que solo se encuentra cuando el corazón se arriesga
a ser honesto.

—Yo tampoco —respondió, casi en un susurro.

Y ahí, bajo la luz dorada de la tarde, entre las risas y los
murmullos del instituto que continuaba a su alrededor,
ambos entendieron que su amistad había dado un giro. Ya
no sería solo amistad, pero tampoco sería un amor como
los demás. Era algo nuevo, algo que solo ellos dos sabían
cómo definir.

6. La oficina vacía

Cada mañana, Álvaro se despertaba con el sonido del despertador, esa vibración incansable que le arrancaba del sueño profundo y lo arrastraba de nuevo a una rutina que ya no soportaba. Lo primero que sentía al abrir los ojos era una punzada en el pecho, como si el peso de la jornada que tenía por delante ya hubiera comenzado a aplastarlo. No podía recordar cuándo fue la última vez que se despertó sintiéndose descansado, ni cuándo había dejado de disfrutar de las pequeñas cosas: una taza de café, el sol al amanecer, una charla con un amigo.

Se levantó con dificultad y se dirigió al baño. La mirada en el espejo le devolvió una imagen extraña: una persona que ya no reconocía del todo. Su rostro estaba marcado por las ojeras, su cabello un poco más desordenado de lo habitual, como si el agotamiento hubiera tomado posesión de su cuerpo. El reflejo no mentía. A lo largo de los últimos meses, el trabajo había comenzado a consumirlo, a robarle las ganas de hacer cualquier cosa que no fuera cumplir con las interminables tareas que su jefe le enviaba por correo.

En el camino al trabajo, la ciudad parecía moverse a una velocidad que él no podía alcanzar. La gente se apresuraba por las calles, pero él sentía que caminaba más lento, como si algo en su interior le pesara demasiado. En el tren, el bullicio de los demás pasajeros le sonaba lejano, como si él estuviera atrapado en una burbuja. Nadie parecía notar su desconcierto, su desánimo.

Cuando llegó a la oficina, la luz blanca de los fluorescentes le dio la bienvenida, fría e indiferente. Su puesto, en una esquina del espacio, se veía vacío, aunque estaba lleno de papeles, correos electrónicos sin responder y proyectos a medio terminar. La pantalla de su computadora, con el cursor parpadeando, lo miraba fijamente, esperando que comenzara a escribir, a trabajar, a producir. Pero no podía. El peso de la culpa lo ahogaba, la sensación de que nada que hiciera era suficiente.

El día transcurrió entre tareas que parecía hacer sin pensar, como si su cuerpo fuera un autómata que funcionaba solo por inercia. Pero cada vez que miraba el reloj, el tiempo avanzaba demasiado rápido y demasiado lento al mismo tiempo. Las horas se desvanecían sin que él pudiera hacer nada por detenerlas. La sensación de vacío lo llenaba, como si la oficina misma se hubiera convertido en un espacio sin vida, donde las paredes lo observaban con juicio y él no tuviera escape.

La reunión de las once de la mañana fue otro golpe. Sus compañeros hablaban y reían, pero sus palabras parecían alejarse de él, como si estuviera escuchando desde una distancia infinita. Su jefe, como siempre, tenía expectativas altas y exigencias implacables, pero a él ya no le quedaba energía para ofrecer algo más que lo que estaba dando. ¿Por qué seguir? ¿Por qué seguir esforzándose cuando todo lo que hacía le hacía sentir vacío, sin un propósito?

Cuando el día terminó, Álvaro se levantó de su silla, con los hombros caídos y la mente nublada. Apenas se despidió de sus compañeros antes de salir. Al caminar hacia su casa, pensó que, tal vez, el mundo seguiría girando incluso sin él, que su ausencia no sería notada. Y por un momento, deseó que fuera cierto. No por maldad, sino porque la idea de desaparecer de ese ciclo interminable le parecía la única forma de escapar.

Al llegar a su apartamento, se tumbó en el sofá, mirando al techo. El sonido del reloj en la pared era lo único que rompía el silencio. Pensó en todas las veces que había intentado escapar de esa rutina, en las veces que se había prometido a sí mismo que cambiaría, pero nunca lo hizo. ¿Qué sentido tenía? ¿Qué sentido tenía seguir luchando por algo que ya no sentía suyo?

En ese momento, el teléfono vibró sobre la mesa. Un mensaje de su jefe, que había quedado pendiente desde hacía horas. Con una mano temblorosa, levantó el teléfono y miró la pantalla. Sus ojos se enfocaron en las palabras, pero no podía comprenderlas. El cansancio era tan profundo que su mente ya no podía procesar nada más.

Al cerrar los ojos, pensó que quizá mañana sería diferente, pero no tenía la fuerza para creerlo.

Tal y como pensaba, al día siguiente nada cambió, ni tampoco al otro, ni al otro… Hasta que su hermana, cansada y abatida de verlo en esa situación, le pidió que se sentaran a hablar:

—Álvaro, ya basta. Tu salud mental está por encima de un puesto de trabajo.

Él, que no sabía cómo salir de esa situación, se echó a llorar de forma desconsolada. Fue entonces cuando su hermana le abrazó, trasmitiéndole todo el amor que sentía por él.

—Tranquilo, Álvaro, juntos podremos con esto.

7. El abrazo de la nieve

El aire frío de diciembre cortaba como un cuchillo, pero el bullicio del mercadillo navideño de París estaba lleno de vida. Las luces brillaban en cada esquina, reflejándose en los adoquines mojados por la nieve que comenzaba a caer. Las melodías de villancicos se entrelazaban con el murmullo de los vendedores que ofrecían castañas asadas, artesanías y juguetes de madera pintados a mano. La ciudad, como un viejo amigo, abrazaba la Navidad con un espíritu cálido que contrastaba con el gélido invierno.

Marie caminaba despacio entre los puestos, su bufanda roja ajustada al cuello y su abrigo gris cubriéndola del frío. Tenía el paso lento, como si las piernas ya no pudieran apresurarse, pero los ojos brillaban con una chispa de alegría cada vez que miraba las decoraciones o el brillo de las estrellas doradas en los puestos. La Navidad siempre le había traído recuerdos de su juventud, de los días en que la ciudad parecía aún más mágica y su marido, Pierre, estaba a su lado, compartiendo risas y promesas bajo las luces navideñas. Pero esos días habían quedado atrás.

Pierre había muerto hace casi seis años y, desde entonces, Marie había encontrado consuelo en sus caminatas solitarias por la ciudad, en su manera de recordar los momentos compartidos mientras el viento frío despejaba sus pensamientos. Aquella mañana de diciembre, sin embargo, algo parecía diferente, como si la Navidad le susurrara algo que aún no entendía.

De repente, una figura que caminaba frente a ella la hizo detenerse. Un hombre mayor, con un sombrero de lana gris y un abrigo largo, se tambaleó ligeramente al intentar sortear un charco de agua. Parecía distraído, mirando la vitrina de un puesto, pero no vio el bordillo que había justo delante de él. Marie, de un modo instintivo, dio un paso rápido hacia él y lo sujetó del brazo antes de que cayera.

—¡Cuidado! —dijo Marie, con una sonrisa amable.

El hombre la miró sorprendido y, por un momento, los dos se quedaron allí, mirándose como si el tiempo se hubiera detenido.

—Gracias, señorita —dijo él, levantando una ceja en señal de sorpresa al ver que la mujer que lo había ayudado era mucho mayor que él.

—No soy tan joven como parece —respondió ella, riendo con delicadeza. El hombre también sonrió y, por un instante, la calle pareció quedarse en silencio.

—Soy Jean —dijo él, extendiendo la mano.

—Marie —respondió ella, estrechando la suya con suavidad.

Ambos se quedaron allí, sin prisa, como si la coincidencia de haberse encontrado en aquel momento, en medio del bullicio del mercadillo navideño, tuviera algo especial. Jean la observó con curiosidad, notando cómo la tristeza, a veces tan presente en los ojos de los ancianos, había sido reemplazada en ella por una cierta serenidad.

—No es fácil caminar por París en esta época del año —comentó Jean, mirando el cielo gris, como si pensara en las mismas cosas que ella.

—No, pero tiene su encanto, ¿verdad? —respondió Marie, mirando alrededor, donde la nieve caía suavemente, cubriendo el suelo y las tejitas de los puestos.

—Es cierto. Es como si la ciudad se vistiera de blanco para recibir a todos los recuerdos, ¿no cree? —dijo él, con una sonrisa tímida.

Marie lo miró sorprendida. Aquella frase, tan simple pero tan acertada, resonó en su corazón.

—Es muy poético —dijo, sonriendo—. Tiene razón. La ciudad guarda tantos recuerdos... como nosotros.

El silencio entre ellos no era incómodo. Había algo en el aire que los unía, como si el frío no pudiera enfriar los recuerdos compartidos. Ambos habían perdido algo, pero ese encuentro les ofrecía una calidez inesperada. Los años ya no pesaban estando juntos, aunque solo fuera por un breve momento.

—¿Le gustaría tomar un café? —preguntó Jean, con una sonrisa franca, como si su invitación fuera la más natural del mundo.

Marie lo miró con una mezcla de sorpresa y gratitud. No esperaba que un desconocido le ofreciera compañía en ese día tan frío, pero había algo en él que la invitaba a confiar.

—Me encantaría —respondió finalmente, sonriendo también.

Caminaron juntos hacia un pequeño café cercano, donde las luces suaves y el olor del café caliente les dieron la bienvenida. Mientras el sonido de la nieve cayendo se mezclaba con las risas lejanas de los otros compradores, Marie y Jean se sentaron frente a frente, compartiendo historias de su juventud, de sus pérdidas y, sobre todo, de cómo la vida, a pesar del dolor, siempre ofrecía un nuevo capítulo.

Esa Navidad, bajo el cielo gris de París, la nieve no solo cubría las calles, sino también los corazones solitarios de dos personas que, en un encuentro inesperado, habían encontrado algo que no creían posible: una nueva amistad, un nuevo comienzo.

8. El valor de un nombre

Gabri nunca entendió por qué su cabello era tan
importante para los demás. A él le gustaba, aunque a veces
se sentía como si fuera un faro en medio de una tormenta.
Su pelo, rojo como el fuego, siempre había sido motivo de
curiosidad y, a veces, de burlas. En la escuela, los niños
solían mirarlo con una mezcla de asombro y mofa, como si
ser diferente fuera un crimen.

Todo comenzó en el primer día de clases, cuando el
maestro presentó a cada uno de los nuevos estudiantes.
Cuando llegó el turno de Gabri, algunos niños rieron en
voz baja. No porque él hiciera algo raro o dijera algo tonto,
sino por el color de su cabello, por su apariencia tan
distinta a la de los demás. Al principio, Gabri pensó que
solo era un comentario sin importancia. Pero después
llegaron los apodos.

«Zorro», decían algunos. «Tomate», murmuraban otros.
Y había quienes no se contenían y lo llamaban «pelirrojo»
con una risa burlona que lo hacía sentir pequeño y
avergonzado. Al principio, intentaba ignorarlos, pero el
peso de esas palabras lo seguía a todas partes. Incluso en su
casa, cuando se miraba al espejo, veía la misma imagen que
los otros veían: un niño diferente, con un cabello que lo
hacía destacar.

Un día, mientras jugaba en el patio durante el recreo, un grupo de niños se acercó a él. Sabía lo que iba a pasar antes de que lo dijeran, pero aun así, el golpe le dolió como si fuera la primera vez.

—¡Oye, pelirrojo! —gritó uno de ellos, un niño alto y con una sonrisa maliciosa—. ¿Tu mamá te dejó teñir el pelo de zanahoria? ¡Qué ridículo!

Gabri intentó no mirar, pero sus ojos empezaron a llenarse de lágrimas. Quiso defenderse, decir algo que los hiciera callar, pero las palabras no le salían. Su garganta estaba apretada, como si algo le estuviera ahogando el corazón.

Esa tarde, después de llegar a casa, Gabri se fue directamente a su cuarto, cerrando la puerta detrás de él con un golpe sordo. Se tumbó en su cama y cubrió su rostro con las manos, tratando de ahogar las lágrimas. No entendía por qué no podía ser como los demás niños. ¿Por qué su cabello no podía ser rubio o castaño? ¿Por qué no podía ser igual a todos?

Su madre, María, lo llamó para la cena, pero Gabri no respondió. Ella sabía que algo no iba bien. Había visto la forma en que su hijo llegaba a casa últimamente, con los hombros caídos y el rostro apagado. Después de un rato, María tocó con suavidad la puerta de su habitación.

—Gabri, ¿puedo entrar?

Él respondió con un susurro y María entró, sentándose a su lado en la cama. Sin decir nada, acarició su cabello anaranjado, que siempre había sido su característica más querida.

—¿Qué pasa, mi amor? —preguntó ella, con una ternura en la voz que solo una madre puede tener.

Gabri levantó la mirada, con los ojos llenos de lágrimas. No quería hablar, no quería que su madre lo viera débil, pero las palabras salieron solas.

—Me llaman «pelirrojo», mamá, y «zanahoria» y «tomate». Me dicen que soy raro, que no soy como los demás. Me siento... diferente. Y no me gusta.

María lo miró en silencio, dándose cuenta de lo mucho que le estaba afectando. Su hijo, con su brillante cabello anaranjado, siempre había sido una fuente de orgullo para ella. Pero también sabía lo difícil que debía ser para él lidiar con las burlas y el rechazo de los demás.

—Gabri —dijo ella con suavidad, abrazándolo con fuerza—, tu cabello es precioso. Es único, como tú. Lo que los demás dicen no tiene poder sobre quién eres. Tú no eres pelirrojo, eres mi Gabri. El mismo que, cuando era pequeño, me pedía historias antes de dormir. El mismo que me hace reír con sus chistes malos y que siempre me pregunta cómo fue mi día. Ese es el verdadero Gabri.

Gabri la miró, las lágrimas aún corrían por su rostro, pero en sus ojos brillaba una pequeña chispa de algo nuevo: la esperanza.

—Pero, mamá, ¿y si me siguen molestando? —preguntó, con la voz temblorosa.

—Los demás no siempre sabrán verte como te veo yo —respondió María, con dulzura—. Pero eso no significa que lo que ellos piensan sea cierto. Tú eres mucho más que un color de cabello. Eres valiente, eres amable, y eso es lo que importa. Si alguna vez te vuelven a decir algo, quiero que te acuerdes de esto: lo que piensan los demás no cambia lo increíble que eres.

Gabri abrazó a su madre con fuerza, sintiendo cómo el peso de sus palabras comenzaba a hacer efecto. Por primera vez, dejó de ver su cabello como una carga y comenzó a verlo como parte de sí mismo. Algo que lo hacía especial, algo que lo hacía diferente, pero no menos valioso.

Al día siguiente, Gabri fue al colegio con una nueva sensación de fortaleza. A pesar de que las burlas no desaparecieron por completo, ya no las sintió como un golpe. El amor de su madre le había dado la confianza para caminar con la cabeza erguida. Sabía que, aunque algunos no comprendieran su diferencia, él era valioso tal y como era.

Y así, poco a poco, Gabri dejó de esconder su cabello.
Comenzó a sentirse orgulloso de él. Ya no era «pelirrojo»
para los demás; era Gabri, un niño valiente con un cabello
rojo como el fuego, y ese fuego, al final, era el que lo hacía
brillar.

9. Adiós

Claudia nunca había creído en los cuentos de hadas, pero cuando conoció a Martín, pensó que quizás su historia podría ser algo parecido. Al principio, él era todo lo que siempre había soñado: atento, cariñoso, preocupado por ella. Las primeras semanas fueron perfectas, como un sueño del que no quería despertar. Pero con el paso del tiempo, algo comenzó a cambiar, aunque no lo notó de inmediato.

Martín empezó a criticarla de manera sutil, como si fuera solo una broma.

—¿No te parece que estás un poco más gordita? Quizá deberías hacer más ejercicio.

»¿Por qué no te vistes como las demás chicas? Así podrías estar mucho más guapa.

Al principio, Claudia pensó que eran comentarios sin importancia, solo un poco de «sinceridad», como él siempre decía. Pero poco a poco, esos comentarios fueron creciendo, como una gota de agua que cala la roca sin que te des cuenta.

Él también era celoso, aunque Claudia no lo comprendía del todo. Al principio, Martín decía que solo la quería para él, que era suya y nadie más podía mirarla. Al principio, pensó que era una forma romántica de mostrar su amor. Pero después las cosas comenzaron a escalar. Le pedía que no hablara con ciertos amigos, que no saliera con otras personas, que se quedara en casa.

—¿Por qué necesitas salir? ¿Qué es lo que te falta en mí? —le decía con esa sonrisa encantadora que hacía que ella dudara de sí misma.

A veces, cuando Claudia trataba de expresar lo que sentía, Martín reaccionaba con ira.

—¿Tú me estás acusando de algo? No tienes razón. Yo solo quiero lo mejor para ti —decía él, y con cada palabra, Claudia se sentía más pequeña, más culpable.

La culpa no era suya, pero él había logrado hacerle creer lo contrario.

Y entonces, algo más comenzó a suceder. Él la manipulaba emocionalmente, le decía cosas como:

—Si realmente me amaras, harías esto por mí.

»Mira lo que has hecho, ahora me siento mal por tu culpa.

Claudia pasaba noches en vela, repensando cada palabra que había dicho, cada gesto que había hecho. Se sentía perdida. Martín la había hecho sentir que su felicidad dependía de él, de su aprobación.

Claudia, sin embargo, no podía ignorar la creciente sensación de malestar en su interior. Se dio cuenta de que la persona que amaba ya no era la misma. El amor que ella había sentido se transformaba en miedo, en inseguridad. Ya no sentía la libertad que antes había disfrutado, y su vida había quedado reducida a cumplir con las expectativas de Martín.

Una tarde, mientras estaban sentados en el sofá, Martín comenzó una discusión sin razón aparente. Estaba cansado, había tenido un día largo y no quería discutir, pero él insistió.

—¿Por qué siempre estás tan distante? —le dijo.

Claudia, agotada, no pudo más. Estaba harta de intentar encajar en su mundo, harta de tener miedo. En ese momento, algo dentro de ella despertó.

—Martín, ya no puedo más —aseguró con una voz firme, aunque su corazón latía acelerado.

Martín la miró, confundido.

—¿Qué estás diciendo? No puedes estar hablando en serio.

—Hablo en serio. Esta relación no es lo que quiero. Ya no me haces sentir bien, Martín. Me haces sentir pequeña, me haces sentir que todo está mal cuando en realidad soy yo quien está intentando mantener todo en pie. Pero me estoy perdiendo a mí misma en el proceso.

Martín se levantó, furioso.

—¿Me estás dejando? ¿Después de todo lo que hemos pasado? ¿Después de todo lo que he hecho por ti? —Su voz era un rugido, pero Claudia ya no temía sus gritos.

—Ya no me importa —respondió Claudia, mirando sus ojos con firmeza, como nunca lo había hecho antes—. No quiero seguir perdiéndome a mí misma. No quiero vivir con miedo, no quiero sentirme culpable por ser yo.

Martín intentó acercarse, pero algo en la mirada de Claudia lo detuvo. Ella ya no era la misma. La mujer que alguna vez había sido débil ante sus manipulaciones ahora se erguía con una fuerza que no sabía que tenía. Martín la miró, incapaz de entender qué estaba sucediendo, pero Claudia ya había tomado una decisión.

El aire se volvió denso en el momento en que ella recogió sus cosas. Con una última mirada, salió por la puerta de su casa, dejando atrás todo lo que la había atormentado. Los pasos que dio hacia la calle fueron lentos, pero firmes. Por primera vez en mucho tiempo, se sentía libre. El mundo le parecía más amplio, más lleno de posibilidades.

Claudia comenzó a caminar sin rumbo, pero con una sensación de alivio. Sabía que el camino hacia la sanación no sería fácil, pero había dado el primer paso. Se dio cuenta de que el amor propio y el respeto hacia sí misma era mucho más importante que cualquier relación. Ya no iba a

permitir que alguien la destruyera, no importaba cuán
atractivo o encantador fuera.

Y, mientras caminaba, Claudia pensó que, aunque el
camino por delante fuera incierto, ella finalmente tenía el
control de su vida. El primer paso era siempre el más
difícil, pero ahora sabía que había salido de esa jaula
emocional y nunca más volvería a poner los barrotes en su
propia libertad.

10. Hasta el suspiro final

Luna miró el reloj de la sala, su tictac casi sonaba más fuerte que las respiraciones entrecortadas de su madre. Era tarde, demasiado tarde, pero ella no se movió. Estaba sentada a su lado, abrazándola con suavidad, mientras las sábanas blancas que la rodeaban parecían volverse cada vez más frías.

El cáncer había llegado de repente, como una tormenta que arrasa todo a su paso, sin dar tiempo a despedidas. En cuestión de meses, su madre, que antes se mantenía firme como un roble, se fue debilitando, y Luna, apenas con diecisiete años, fue testigo de cómo aquella mujer que había sido su todo comenzaba a desvanecerse.

—Mamá, por favor, no me dejes —susurró Luna, con la voz rota, aferrándose a la mano de su madre.

Su madre sonrió de forma débil, sus ojos cansados buscando los de Luna, y le acarició el cabello, como lo hacía cuando Luna era pequeña y tenía miedo a la oscuridad.

—Siempre estaré contigo, mi amor... siempre.

Esas fueron las últimas palabras que su madre le dijo antes de cerrar los ojos por última vez. Luna permaneció allí, inmóvil, mientras la vida de su madre se desvanecía, como una vela que se apaga lentamente en la espesura de la noche.

Los días siguientes fueron una mezcla de borrón y cuenta nueva. Luna no recordaba haber comido, ni dormido, ni siquiera haber hablado con alguien. Estaba vacía, como si un pedazo importante de ella misma se hubiera ido con su madre. Todos a su alrededor le decían que era normal sentirse así, que debía darle tiempo al dolor. Pero el dolor no se iba. No importaba cuánto lo intentara, el vacío permanecía, anidando en su pecho.

Un martes, después del funeral, Luna se quedó sola en la casa. El silencio la envolvía como una manta pesada y, por primera vez, se dio cuenta de la enormidad de lo que había perdido. Ya no había nadie para cuidarla, nadie para preguntarle cómo había estado, nadie para abrazarla cuando la tristeza la ahogaba.

Se levantó del sofá donde había estado sentada todo el día, con los ojos rojos por las lágrimas, y caminó hacia la habitación de su madre. Allí estaba, la cama vacía, el perfume de su madre aún flotando en el aire. En la mesilla de noche, una foto de ambas, sonriendo en un día de campo. Luna la miró durante varios minutos. En la imagen, su madre parecía tan viva, tan llena de energía... como si nada pudiera destruirla.

—¿Cómo voy a seguir sin ti, mamá? —susurró Luna, mientras las lágrimas comenzaban a caer de nuevo.

Pero entonces, algo cambió. Al ver la foto, Luna sintió
una punzada de algo que no había sentido antes: un
resquicio de fuerza. Su madre siempre le había dicho que
ella era fuerte, que tenía la capacidad de sobreponerse a
cualquier adversidad, aunque a veces no lo creyera. La idea
de que su madre aún creía en ella, incluso en ese momento,
hizo que algo dentro de Luna se agitara. Tenía que seguir
adelante. No podía dejar que el dolor la consumiera,
aunque se sintiera completamente sola.

Los primeros días fueron los más difíciles. El instituto
no parecía tener sentido. Había veces que se despertaba y
no sabía si podía continuar. Sin embargo, algo empezó a
cambiar en Luna. Durante los días oscuros, cuando
pensaba que ya no podía más, se sentaba frente al espejo,
miraba sus propios ojos y recordaba las palabras de su
madre:

—Tienes todo dentro de ti para ser feliz, Luna. No dejes
que nada ni nadie te apague.

A partir de ese momento, aunque no fue fácil, Luna
empezó a reconstruir su vida. Se levantó cada mañana,
aunque a veces le costaba respirar. Poco a poco, comenzó a
compartir sus sentimientos con sus amigos, a buscar
consuelo en ellos, en los pequeños momentos de luz que la
rodeaban, como cuando su abuela la abrazaba con el
mismo cariño que su madre. También volvió a escribir en
su diario, algo que hacía con su madre cuando eran
pequeñas, y le resultó un consuelo.

Aprendió a cocinar, aunque al principio los platos salían terriblemente mal. Cocinaba las recetas que su madre le había enseñado, tratando de recordar cada paso, como si así pudiera sentirla cerca de nuevo. Con cada comida, con cada día, comenzaba a sentirse más fuerte, más capaz de seguir adelante. No por ella misma, sino por el amor que su madre le había dado, por el amor que su madre todavía le daba, aunque ya no estuviera allí en cuerpo presente.

Pasaron los meses. Luna terminó el instituto, y aunque en su interior siempre había un rincón de tristeza, también había un lugar para la gratitud. Había aprendido a vivir sin su madre, aunque el vacío nunca se llenó del todo. Lo que sí se llenó fue su corazón, de la fuerza que su madre le había dejado. Luna sabía que la vida continuaba, que a pesar de las pérdidas, también existían momentos de alegría, de nuevos comienzos.

El amor de su madre no desapareció con su partida. Se transformó en una especie de guía, un recordatorio constante de lo que había aprendido de ella: ser fuerte, ser valiente y nunca dejar que la vida la derribara.

Y así, Luna siguió adelante. No sola, porque su madre siempre estaría con ella, en cada paso que diera, en cada sonrisa que ofreciera, en cada sueño que decidiera cumplir.

11. Bajo el cielo estrellado

El cielo siempre había sido el refugio de Valeria. Desde pequeña, cuando sus amigos la dejaban atrás o las palabras del colegio la lastimaban, ella levantaba la vista, buscando consuelo en el vasto lienzo azul que se desplegaba sobre ella. Había algo mágico en esa inmensidad, algo que la hacía sentir menos sola. Las estrellas eran como sus amigas, y la luna, su confidente. En los momentos más oscuros, Valeria se sentaba en su azotea, con las piernas cruzadas, y se perdía en el infinito. Allí encontraba paz.

Sus amigas decían que Valeria era demasiado sensible.

—Te tomas todo demasiado en serio —le decían.

—No todo es tan profundo, Valeria.

Pero ella no podía evitarlo. Todo la tocaba, la emocionaba, la removía. El viento, el sol, las pequeñas cosas de la vida. A veces se sentía un poco fuera de lugar en un mundo que parecía demasiado ruidoso, demasiado rápido. Ella solo quería detenerse, respirar y sentir la suavidad del mundo a través de su piel.

Una tarde de otoño, mientras caminaba sola por el parque, observando cómo las hojas caían lentamente de los árboles, se encontró con él. Un chico de cabello oscuro, ojos profundos y una sonrisa tranquila. Se cruzaron por casualidad frente al lago, donde Valeria solía ir a sentarse a veces para ver cómo el cielo se reflejaba en el agua.

—Es precioso, ¿verdad? —le dijo él, señalando el cielo, que empezaba a llenarse de nubes de tonos rosados y naranjas con la puesta del sol.

Valeria asintió, sorprendida por la serenidad de sus palabras.

—Sí, es como si el cielo te hablara —respondió, sin pensarlo demasiado.

Él sonrió de nuevo, como si sus palabras tuvieran un eco en su propia alma.

—Yo suelo pensar que todo lo que necesitamos está ahí arriba. Solo tenemos que mirar y escuchar con el corazón.

Valeria lo miró fijamente, como si de alguna manera sus palabras le llegaran al centro de su ser. Era como si él entendiera lo que ella no sabía explicar, esa necesidad de detenerse y contemplar, de sumergirse en lo que parecía intangible, pero al mismo tiempo tan real.

—¿Te importa si me siento contigo? —preguntó él, mirando el banco vacío junto a ella.

Valeria vaciló solo un segundo. A veces le costaba abrirse a las personas, pero algo en él la hacía sentir segura, como si no tuviera que dar explicaciones.

—Claro, si te gusta mirar el cielo… —respondió, sonriendo de forma tímida.

Se sentaron en silencio, observando juntos cómo el día comenzaba a desvanecerse en la noche. Las estrellas empezaban a aparecer despacio, como si el cielo hubiera esperado a que llegara el momento perfecto para brillar.

—¿Te gustan las estrellas? —preguntó él después de un rato, rompiendo el silencio.

Valeria asintió con una sonrisa más amplia.

—Sí, me gustan mucho. Siempre me han fascinado. Es como si estuvieran ahí para recordarme que, aunque el mundo a veces parece ser muy grande y complicado, hay algo más allá que es constante, que no cambia. Me hace sentir pequeña, pero también… me da calma.

Él la miró con curiosidad, sin apresurarse a hablar. Sus ojos parecían ver lo que ella decía, como si pudiera leer todo lo que no se atrevían a decir las palabras.

—Yo también siento lo mismo, pero nunca lo había escuchado de alguien más. Creo que el cielo tiene la capacidad de mostrarte lo que no puedes ver en el suelo. A veces, solo tenemos que estar en el lugar adecuado, en el momento adecuado, para entenderlo.

Valeria no dijo nada. La conexión que sentía con él crecía en el silencio. Nunca había conocido a alguien que viera el mundo de la misma manera que ella, que comprendiera esa necesidad profunda de detenerse, de estar en armonía con todo lo que la rodeaba. El hecho de que él viera de la misma forma lo que ella sentía la llenó de una calidez inesperada.

—Es raro encontrar a alguien que lo entienda —dijo al final, sin evitar sonreír, más tranquila—. Pero me alegra que tú lo hagas.

Él también sonrió.

—Creo que el universo tiene maneras curiosas de reunir a las personas. Quizás solo necesitábamos mirarnos a los ojos bajo este cielo para darnos cuenta de que no estamos tan solos como pensamos.

Por primera vez en mucho tiempo, Valeria sintió que no era la única que cargaba con un mundo lleno de sensibilidad, de sueños y de cosas que solo un corazón que sabe mirar con calma puede ver. No tenía que justificar su manera de ser, ni su amor por el cielo, ni su forma de sentir. Aquel chico, con su tranquilidad y su comprensión, la había aceptado tal como era.

Cuando el cielo se oscureció por completo, los dos se quedaron allí, bajo las estrellas, en silencio. No necesitaban hablar más. En esa quietud, algo profundo se había dicho entre los dos. Y Valeria supo que, tal vez, por fin había encontrado a alguien que la entendía. Alguien que no solo compartía su amor por las estrellas, sino también su manera de ser, su forma de sentir el mundo.

A partir de ese día, Valeria y él comenzaron a
encontrarse a menudo. Ya no era solo la magia del cielo lo
que los unía, sino una comprensión mutua que iba más allá
de las palabras. Juntos, aprendieron a compartir el silencio,
a escucharse sin juzgarse, a ser dos almas en el mismo
espacio que se entendían incluso cuando no decían nada.

El cielo seguía siendo su refugio, pero ahora, junto a él,
Valeria sabía que no tenía que mirar las estrellas sola.

12-El sueño de ser madre

Desde que era pequeña, Natalia soñaba con ser madre. Imaginaba las noches acurrucada con su hijo, leyéndole cuentos y sintiendo su pequeño cuerpo en sus brazos. Era un sueño claro y profundo, tan vivo en su corazón como las estrellas en el cielo. Pero a medida que creció, las cosas no fueron tan fáciles como había esperado.

A los treinta y cinco años, Natalia ya no era la joven que pensaba que todo sucedería con naturalidad. Llevaba años intentando concebir, pero no sucedía. Las pruebas, las consultas médicas, los tratamientos... nada parecía funcionar. La tristeza comenzó a invadirla, y con cada mes que pasaba, el dolor de no ver un resultado positivo se hacía más fuerte.

«¿Qué hay mal en mí?», se preguntaba una y otra vez, aunque trataba de ocultarlo ante los demás. Sus amigos y familiares, bienintencionados, insistían en que todo llegaría a su tiempo, pero con el paso de los años, la esperanza de ser madre se desvanecía lentamente, como el brillo de una estrella al amanecer.

Había noches en las que se quedaba mirando la cuna vacía en su habitación, preguntándose si alguna vez tendría la oportunidad de llenar ese espacio con risas, con llantos, con el sonido de unos pequeños pasos. Pero la realidad parecía empeñada en mostrarle lo contrario.

Un día, mientras tomaba un café en su cafetería habitual,
leyendo en su teléfono, algo llamó su atención: un anuncio
sobre adopción. «Hay miles de niños esperando ser
amados». Algo en ese mensaje la tocó profundamente.
Natalia nunca había considerado la adopción como una
opción real para ella; siempre había soñado con el
embarazo, con la experiencia de ser madre biológica. Pero
en ese momento, la idea la golpeó con una fuerza
inesperada.

En lugar de cerrarlo, siguió leyendo. Decidió investigar
más y, cuanto más lo hacía, más le gustaba la idea. No se
trataba de concebir de una manera biológica, sino de
construir una familia, de dar todo el amor que tenía
guardado a un niño que lo necesitaba. En su corazón, sintió
una chispa de esperanza, una nueva luz que empezaba a
encenderse.

Los meses siguientes estuvieron llenos de trámites,
papeles, entrevistas y más incertidumbre que nunca. Había
días en que Natalia se sentía cansada, como si el proceso
fuera un camino interminable lleno de obstáculos. A veces
se cuestionaba si había tomado la decisión correcta, si
tendría la fuerza suficiente para enfrentar lo que venía. Pero
su amor por la idea de ser madre seguía siendo más grande
que cualquier duda.

Y entonces, un día, recibió la noticia. Había sido
seleccionada. Había una niña, una pequeña de tres años que
la esperaba y necesitaba como mamá. El corazón de Natalia

latió más fuerte que nunca al escuchar esas palabras. ¡Era real!

El primer encuentro fue más emotivo de lo que Natalia había imaginado. Al principio, la niña parecía asustada, desconfiada, pero Natalia la miró con todo el amor que había acumulado durante tantos años, y, poco a poco, comenzó a abrirse. Le mostró su habitación, le enseñó la cama, le contó historias y le prometió que siempre estaría allí para ella. Pronto, las risas comenzaron a llenar la casa.

Cada día que pasaba, Natalia se daba cuenta de que la maternidad no era solo un camino biológico; ser madre era más que eso. Era dar sin esperar, estar ahí sin importar las dificultades, construir una familia desde el corazón. Y eso, en su caso, significaba mucho más que simplemente dar a luz a un hijo.

El sueño de Natalia no había sido cumplido de la forma que imaginó, pero al final, había encontrado algo mucho más grande. Había encontrado una hija, una familia, y el amor más verdadero que jamás había conocido.

El amor mueve el mundo.

Déjenlo salir a raudales.

SOBRE LA AUTORA

Ainhoa Ortiz Torres, nacida en Terrassa (Barcelona) en 1989, ciudad en la que residía su abuelo paterno. Se trasladó con tan solo cinco meses de edad a la ciudad en la que actualmente vive: Algeciras (Cádiz). Imaginativa y fantasiosa desde niña, siempre fue aficionada a la lectura. Se define a sí misma como romántica y defensora del amor en todas sus variantes. Emplea su tiempo libre en aprender cultura general, disfrutar de la naturaleza y, sobre todo, leer y escribir. Su primera novela, *Por miedo a equivocarme*, publicada en diciembre de 2020, ha conseguido que viva la maravillosa perspectiva del autor, considerándose adicta a las emociones que provocan en ella las reacciones de los lectores. Su segunda novela, *Del sigilo a la confesión*, fue publicada en 2021 y supuso para ella un gran avance en el mundo de la escritura.

Tu nombre en otros labios vio la luz en enero de 2024, siendo su última novela publicada hasta el momento.

www.ingramcontent.com/pod-product-compliance
Lightning Source LLC
LaVergne TN
LVHW090120180726
843489LV00002B/907